Tucholsky Wagner Zola Scott Sydow Freud Schlegel
Turgenev Wallace Fonatne
Twain Walther von der Vogelweide Fouqué Friedrich II. von Preußen
Weber Freiligrath Frey
Fechner Fichte Weiße Rose von Fallersleben Kant Ernst Richthofen Frommel
Fehrs Engels Fielding Hölderlin Eichendorff Tacitus Dumas
Faber Flaubert
Feuerbach Maximilian I. von Habsburg Fock Eliasberg Zweig Ebner Eschenbach
Ewald Eliot Vergil
Goethe Elisabeth von Österreich London
Mendelssohn Balzac Shakespeare Dostojewski Ganghofer
Trackl Lichtenberg Rathenau Doyle Gjellerup
Mommsen Stevenson Tolstoi Hambruch
Thoma Lenz Hanrieder Droste-Hülshoff
Dach von Arnim Hägele Hauff Humboldt
Reuter Verne Rousseau Hagen Hauptmann Gautier
Karrillon Garschin
Damaschke Defoe Hebbel Baudelaire
Descartes
Hegel Kussmaul Herder
Wolfram von Eschenbach Dickens Schopenhauer Rilke George
Bronner Darwin Melville Grimm Jerome Bebel Proust
Campe Horváth Aristoteles
Bismarck Vigny Barlach Voltaire Federer Herodot
Gengenbach Heine
Storm Casanova Lessing Tersteegen Gilm Grillparzer Georgy
Chamberlain Langbein Gryphius
Brentano Lafontaine
Strachwitz Claudius Schiller Kralik Iffland Sokrates
Schilling
Katharina II. von Rußland Bellamy
Gerstäcker Raabe Gibbon Tschechow
Löns Hesse Hoffmann Gogol Wilde Gleim Vulpius
Luther Heym Hofmannsthal Klee Hölty Morgenstern
Roth Heyse Klopstock Goedicke
Luxemburg Puschkin Homer Kleist
La Roche Horaz Mörike Musil
Machiavelli Kierkegaard Kraft Kraus
Navarra Aurel Musset
Nestroy Marie de France Lamprecht Kind Kirchhoff Hugo Moltke
Laotse Ipsen Liebknecht
Nietzsche Nansen Ringelnatz
Marx Lassalle Gorki Klett Leibniz
von Ossietzky May vom Stein Lawrence Irving
Petalozzi Knigge
Platon Pückler Michelangelo Kock Kafka
Sachs Poe Liebermann Korolenko
de Sade Praetorius Mistral Zetkin

Aller Praktik Grossmutter

Johann Fischart

Impressum

Autor: Johann Fischart
Umschlagkonzept: toepferschumann, Berlin

Verlag: tredition GmbH, Hamburg
ISBN: 978-3-8424-0472-4
Printed in Germany

Text der Originalausgabe

Aller Praktik Grossmutter

von

Johann Fischart.

Abdruck der ersten Bearbeitung (1572).

Halle [a]/S.
Max Niemeyer.
1876.

Ein dückgeprockte, jmmerwa[e]rende Prockdick, durch Schwinhold Sewblůt, Obersten Stirnmauser Ko[e]nigs Gargantsus geprockt, ordenlich wie man die Sa[e]w bad, vnd den Mist lad.

ALs man das Jar zeichnet mit einem gelegten kessel, oder einem Rincken mit seinem dorn, vnnd vier huffeisen, auch einer zimmeraxt, mit angehenckten zwo spindeln, zwen schmaltzha[e]fen vnnd zween kru[e]g, ward dises geprochtiziert, durch den Mistalten pruchtizierer Weinhold Weinblůt, der den Sternen im glaß sach, auff alle volgende jar, vnnd za[e]hlt man nach Raumkannischer vnnd gipwischer ziffer zwey tausendt Eyer, siben hundert Bratwürst, zwey vnnd achzig maaß ku[e]hmost, vnd halt sich wie volget.

Diß jar würd ein Schalckjar sein von halb hundert gůten faul Montagen, auch dritthalb schlaafftrüncken. Darumb seind die scha[e]lck vnd Narren dis jar bald zeitig: Vnd die lüfft den ga[e]uchen vergifft, also das sie sich in die sta[e]tt vnd ha[e]user zůleben werden begeben. Der Ro[e]mer zinßzal 0. 0. dann die steüwr würd schwa[e]rlich zůbekommen sein. Der Sonnen Circkel rund. Des Sontags bůchstab sůch man auff den Zünfften vnd stuben, mit Q. S. ist drey schilling Newer plappart, verzehrt Winhold Reinblůt, sagt des alten gelts ist wenig.

Zwischen Weinacht vnnd aller Narren faßnacht seind vngleiche wochen vnnd tag, Dann an eines Samstags abend kam jenem Schneider ein par strümpff zůpletzen, da er zů vor ein gantz woch war mu[e]ßig gesessen. Auch würd ettlichen lieben Menschen die nacht zů kurtz, vnd der tag zů lang sein, dargegen den faulen arbeitern, der tag zů lang, die nacht zu kurtz. Die gulden zahl, erzeigt sich bey den armen schmal.

Diß jar würt nur ein Mon sein, vnnd dannocht nicht New, dann es vil tausendt jar seind, daß jn Gott geschaffen hat, vnd darff niemand sorgen, das jhn der Wolff werd fressen, dann er ist jm zů hoch gesessen. Wann der Himmel fa[e]llt, so werden alle Vo[e]gel gefangen sein. Nach wind kompt regen, wann es regnet ists naß, glaubst du das? Nebelecht jar, macht fruchtbar gar. Cometen machen vil Propheten, vnd sagen all von toᵉdten, comede mein feisteten. Wer lang naᵉgel hat, würdt ein vortheil zůkratzen haben, doch den gründigen nicht wol bekommen, aber die Seckelabschneider wol frommen, so schneiden sie on ein fingerhůt nit in die finger. Grosse kinder werden schwaᵉrlich zůentwaᵉnen sein. Wann die natiuiteten war sind, so zieh keiner seine kind. Es waᵉscht sich keiner selbst so schoᵉn, als wann er würd zům scherer gehn. Weisse Haᵉnd seind genůg gewaschen. Wann der Mist faul ist, würd er gůt an zůlegen sein, vnnd würd on den Arß nit geschehen koᵉnnen. Artzeney mit tranck, bringt gestanck. Artzeney in gemein, kan nit nützlich sein. Dann wir haben nicht gleich gemein fleisch blůt vnd bein, ein jeder hat sein eigen laᵉuß, auch sein Narrenweiß. Confect infect, contract inschlect, leckt biß ich auch mag.

Von der Finsternuß im Eülenflug.

ES würd ein groß Eclypsis vnnd abnemmen in den seckelen sein, vom riemen biß in grundboden, fürnemlich wann man vil betrieget vnd lieget, da würd auff eim theil S. Mangolt regiern, dem einen zů schaden, dem andern zů gnaden. Es würd ein groß finsternuß sein bey nacht in der finstermetten, da die Pfaffenkaᵉllerin die liecht auslöᵉschet, vnd man den Judas jaget, &c. Ich will es sehen sagt ein mahl ein blinder.

Von den vier gezeiten deß Jars.

DEr Früling würdt nichts bey den sieben schlaᵉffern vermoᵉgen, vnd wann er erst im Augst kaᵉme, so hieß er wol Spaᵉtling. Auff Sant Vaᵉltins tag, ist der früling nach. Vnnd dieweil auff den Karfreitag jederman will fladen vnd Eyerkaᵉß essen, würd ein eyerbrůch muᵉssen vorgehen, vnd wolfeile in den Eyerschalen entstehen. Die verbunden zeit geht ein, wann man der blinden maᵉuß spielet. Die Faßnacht würd jren Rechtshandel gewinnen, dann die Doctor seind gar wolfeil vnd wurmstichig worden, vnd helffen erhalten den Narrenorden. In der faßnacht würd ein theil der welt sich verkleiden, darmit sie das ander betriegen. Mir ohn schaden, so mach jch auch mit.

Im Sommer ist trucken ein kommen, vnd würd am kuᵉlen getranck Weins vnd Biers mangel sein. Auch würd das Dorff wasser im Brunnen so suᵉß vnd geschmack werden, das manchem dürstigen Schnitter ein kalter trunck wassers baß schmacken würd, dann den Reichen huᵉnerfressern der badwarm gaᵉnßwein. Die Sonn würd diß jar einem waᵉrmer scheinen dann dem andern, angesehen das etliche in den kelleren sitzen, vnd nicht allein die Weber, sonder auch die weinspuᵉler. Das abgemaᵉyt graß vnnd die eingeschnitten frucht würdt nicht mehr wachsen. Im Sommer würd nichts hitziger sein, dann das fewr, vnd darff die Schaubenhuᵉt verbrennen, wann man das fewr darmit anmacht. Auch werden die floᵉh den Weibern fast vber die knie steigen, vnnd weder schůh noch hosenbendel zůvor vmb erlaubnuß fragen. Bey den floᵉhen im mittel des Sommers, vnd den filtzlaᵉusen im regen würd das jucken wolfeil sein: Auch werden die weiber die schwartzen Reütter mit den blossen wehren oder messern auß den haarechten vnd beltzechten busch klopffen vnd scheichen. O jhr floᵉh weichen, eh sie euch beseichen.

Im Herbst des Haᵉndschůchs würd ein grosser abfall werden, daß man vil laubreicher baᵉum kleidung würd ligen sehen auff erden, vnd also nackend zůschanden werden. Es würd diß jhar meh wasser sein dan wein. Im Herbst würd man die trauben vor oder nach ablesen. Wer zů viel Most einschütt, verknipff die Nestel nit. Der auffgang des Mosthardi mit dem Weinmann würd ein abgang in die Newen laᵉren faᵉsser verursachen, vnd mangel an vollen seckelen machen. In weinlaᵉndern würd das bauchgerümpel mit einer wüsten influentz den durchbruch bringen, also das manchen der weg zůlang würd sein, etwann nur bey dem nechsten weinstock nieder zů sitzen, vnd zů schwitzen. In solcher Not wer mein Rhat, daß jhr euch nicht auffnestelten, sonder das wammest mit dem gesaᵉß verbunden abstreiffeten: Es iß auff der post scheissen (wie die Walchen auff der post essen) auch ein vortheil: doch hueten euch daß jr nicht wie jener lecker, euch selber in den Ermel scheisset, wann jhr das wammest nicht genůg an euch halten. Den besten Most würd der gemein Mann am liebsten trincken. Es soll in dieser zeit oᵉpffel vnd biren den Bauren vngeschaᵉlt zů essen erlaubet sein. O Jockel beiß kein zan auß daran.

Der Winter würd dem Herbst gestracks auff den fersen in pantoffeln vnnd im Wolffsbeltz nachfolgen mit weissem schnee vnnd schwartzen kolen, mit kaltem eyß vnd heyssen oᵉffen. Was man im Winter im schnee verschart, würd im Sommer offenbart. Zwischen Arm vnd Reich ist es fast nacht, vnnd schafft es B der Bůchstab, vnd würd der Wassermann meh bey jhnen sein dan der Weinmann. Es würd sehr kalt sein, wann es gefrieren würd. Ein beckelhaub würd den Narren waᵉrmer halten, dann der doppelgehaᵉubelten deck den thoren stuben vnd kammer vber einander, ich naᵉm sie vnd hielt eim ein stirn schnall. Es würd auch volgen, das die vom Kachelberg vnd die stat offen mit dem feurigen Aspect vom Dürren holtz dermassen erzürnt werden, daß man sich leichtlich an jnen verbrennen mag: Derhalben sie billich in ehren gehalten sein, sonderlich vom weiber volck. Die maᵉgd vnd frauwen, werden mit solcher einbrünstiger lieb gegen den weissen Moren vom ofenloch entzündt werden, das zůbesorgen sie mueessen jnen zů dem hindern hinein blasen, so lang biß sie feüwr außspeyen, vnd sich entgegen mit hitziger brunst vernemmen lassen: Pfuy was stinckt also? Gredt dir ist der beltz verbrendt, Ey daß dich Bock schaᵉnd, wie blast am hindern end? Wolan wer in der zeit ein gefroren Ey legt, dem ist gewißlich der magen erkalt, gleich wie jenem bauren der den jegel schiß, vnd jhn im hindern biß. O wie erkaᵉlte Eyer sein bawren Eyer, es seind keine die eher gefrieren, man leg sie hin wo man woᵉll, dann sie seind nicht heyß gewürtzt, wie die Polnischen fürtz. Im Winter würd mit kalten haᵉnden nicht gůt in bart zůgreiffen sein. Die Weinacht vom wein würd in schlafftrüncken braᵉuchlich sein.

Im winter würd nichts ka^elter sein dann das Eyß, vnd die Ga^euch werden vmb die selb zeit auff den gassen gehen, auch die Rotbrüstlein auff die nasen fliegen. Das nasen fûter her mit za^ehem witwenleimen gefütert vnnd mit starkem baurenstreck gelidert. Die mag man wol für Narren tauffen, die im winter den beltz verkauffen, auff das sie brillen kauffen, guck mir durchs loch, seh bedarffst ein ha^endschûh noch.

Von den regirenden Planeten.

DIe Planeten diß jar (wie auch alle zwar) werden vnstaᵉt sein, vnd gehen nach dessen willen der sie regiert. Saturnus würd hinder sich gehen wie ein staᵉttiger Esel, die Venus für sich, wie ein vorhaᵉngig Roß, Mercurius würd schweiffen, wie ein Neapolitanisch pferd dantzt. In disem jar werden vil Regenten sein, oder geborn oder erkoren. Es seind boᵉse contrectationen vnnd contemplationen mit dunckelen zerbrochenen brillen in eim laᵉren saᵉckel, so die contraction zů groß ist. Es seind boᵉse inclinationen vnd neigungen wann man die stiegen einfaᵉlt: Vnd die da fallen, da würd es nur zů jnen stehn, das sie widerumb auffstehn. Wolauff die hüner braten schon. Ein langweiliger Aspect eine haᵉßliche jungfraw, aber ein schoᵉne, macht ein hüpsche complexion. Aber sie seind all hüpsch ohn die mein.

Vom stand ettlicher leüth nach den Planeten.

DIe Ko^{e}nig werden eben die Planeten im himmel haben, welche die bettler, dann auff der Ko^{e}nigen kro^{e}nung kein neuwe gestirn gescho^{e}pfft seindt worden. Es sey Heintz oder Bentz, Colfactor oder Doctor, groß Hans oder klein Hans, da ist kein glantz.

Die dem Kindfresser Saturno vnderworffend seind, als alles dürstiges gesindlein, vnd vngerhatene kindlein, daß mehr la^{e}uß ha^{e}lt dann par gelt, als daube, vnsinnige, wetterleünige leüt, Kerchelzieher, Sawbru^{e}er, Ka^{e}mmetfeger, Mist, Most vnd Holtztra^{e}ger, Hosenlepper, Schůchstepper, Todtengra^{e}ber, Peltzweber, Würstler, Schůchlümmeltrager, Hundsschlager, Hundsdrecksamler, Alt Eisen vnnd Eschensamler, Hudelumper, Růbenbumper, Hu^{e}ner vnd Würstfüller, Besemstieler, Schlegelflicker, Steinpicker, Ziegeiner, Ro^{e}delsteiner, Weinru^{e}ffer (ru^{e}fft den wein auß, vnd trinckt er wasser zů hauß) Leimengraber, Seitenschaber, Hornschaber, Ofenpletzer, Zeichenschwetzer, Lederschinder, Weidenbinder, Wurmsamen Kra^{e}mer, Salbenklicker, Reiffwickler, Laternenpletzer, Nußscheler, Kirschenzehler, Eseltreiber, Knapsa^{e}ck, Stra^{e}ubleinbeck, Partecksammler, Obstler, Stundaußru^{e}ffer, Suppengieser, Kuchesu^{e}ser, Vnholden, Hexenmeister, Parillenseher, Landspeher, Milchsta^{e}ler, Diebsha^{e}ler, Bock vnd Gabelreüter, Zeichendeüter, Mantelfahrer, Schatzscharrer, Cristallengucker, Leimentretter, Zwillchgletter, Kerner, Ka^{e}mmacher, Ortbandmacher, Klamperer, Kartetschenmacher, Fu^{e}terleinmacher, Zweckfeiheler, Laßeisenwetzer, Pflasterschleiffer, Oelpresser, Vnschlitsieder, Kuttelnwa^{e}scher, Winckelmesser, Spinnenfresser, Senffmenger, vnd andere Melancholische dreckschlindige vnfla^{e}tter, die werden nicht vil recht ha^{e}ndel treiben, vnd nicht alles empfangen, was sie gern erlangen, werden sich fast des Festes der kreüzerfindung behelffen, vnd oft sůchen la^{e}uß da sie nicht beißt, Werden auch jhren speck nicht den Hunden geben, als ob sie es nicht bedo^{e}rffen, noch vil Thaler nach der Katzen werffen. Dann nichts gewinnen, vil verthon, macht ein zůletzst betteln gohn. Es würdt das gelt viel Kauffmanschatz bey jhnen verhindern. Auch werden sie dasselbige gleich außtheilen, Ja wann die Sternenplacker, vnd Proctickprocker der lu^{e}gen eins werden, vnd wann man ein sechtzigja^{e}rigen Bader find, der nie geschwitzt hat, einen Warsager der nie gelogen hat, einen Koler der nie ist ru^{e}sig worden, Fůhrleüt vnd Schiffleüt die nie geschworen haben, Betler die gůt kleider tragen, Mamalucken die recht glauben, Jůden die nicht durch wůcher rauben, Pfleger, Schaffner vnnd Amptleüt die in jhrem dienst verderben, Krancke die nicht gern gesundt weren ohn sterben, Procuratoren die jr gůt für ander leüt versetzen, Hencker die niemandt verletzen, Kürßner die den beiß nit saltzen, Tagloener die nicht gern wolten, daß die Arbeyt schon wer vergangen, wann sie anfangen, Roßteuscher, vnd Kraemer die nit liegen, Waechßler die nit betriegen, Koech die nichts verschütten, Hůren von gůten sitten, Schreiber die nit radirn, Studenten die nit lieber hoffieren dan studieren, Münch die niemand verfueren, Ein troß on nasse knaben, Zehen Gelehrter vnd Formenschneider deren nit etlich boeß augen haben, Trucker die nicht gern Wein trincken: Ein dutzent Schneider darunder nit ettliche hincken, Metzger, Gerber, Seitenmacher, Oeler die nicht schmutzig sein: Schůchster, Nestler, Ferber die nicht wuest naegel haben, Kannengiesser, Schleiffer, Traeher, Schlosser, die nit kirren: Wirtt die nicht wasser vnder den wein schütten: Maegd die nicht Haefen brechen, Junge gesellen die nicht gern schoene Meidlein sehen, & contra von Jungfrawen die nicht gern schoene gesellen schawen, &c. Ja wan der Teüffel gestirbt, ist jm noch nicht weh, &c.

Kurtzumb den Armen werden die Engellotten auffzůwaechßlen verbotten sein. Angesehen des Saturni steltzende retrogradation würd ein krippel vnd krummer vnflat im Spittal sterben, vnd werden die Erben nit viel vmb das Erb werben, noch schwartze Roeck darauff außnemmen.

Die vnder dem bloeden Jupiter, als die zaghaffte gesellen, die nicht viel arbeyten woellen, die ein schelmenbein haben im rucken, das sie sich nich gern bucken, die Neuwzeitung frager, die laßbrieff trager, hie wat nüws vom Tüffel, Ablaß kraemer, Klosterschlaemmer, Stationirer, Hoffierer, Glockner, Herr Colfactor, Amptleüt die dem Fürsten geben ein Ey, vnnd nemmen dem gemeinen Mann zwey, paternostler, Koernleinmacher, Kertzekaeuffler, Almuser oder Allmauser, Stattbüttel im dorff, Junckern von Adelstoltz, vnd Herren von dem leffelholtz, deller schlecker, Auch sonst mueßig lecker, Copisten, Bulisten, Muench vnd Pfaffen, die viel thünchen vnd nichts schaffen, Nonnen vnnd kloestersoen, Einsidler, Gleißner Kirchenraeuber, Schreiber, Pergamentschaber, Beuelchhaber, Retscher,

Rotschwetzer, Pfulwentrescher, Papyrgletter, Notnarry, Schoffnar, Podagransgenossen, zwifach gehaᵉubelt bossen, Papyrsudler, vnd andere Hudler, werden nach gelegenheyt jres gelts leben, vnnd ettlich mehr kisten voll brieff oder staub haben dan voll gelts. Die Aduocaten werden dapffer das gelt aduociern vnd procuriern. Die Schreiber werden mehr gewinnen mit kauffen vnnd sitzen, dan ein Bott mit lauffen vnd schwitzen. Die weisse Herren werden schwartze Roᵉck verlassen. Moᵉnch vnd Pfaffen werden mehr erschnappen mit singen, dan ein Aff vnnd Gauckler mit springen, O Brůder an ein Růder. Pfaffen die gern hoᵉren kinder wein, Juden die gern wohnen bey den Schweynen, vnd Moᵉnch die zů weltlich scheinen, Hencker so toᵉdten keinen, vnd Teüffel so nicht gern peinen, Müssen jhr art vnd eyd verneinen. Nicht jedes gleich ein handwerck heißt, was einen kleidet oder speißt, sonder was einen nehrt vnd ehrt, dasselb ein handwercks namen hoᵉrt. Kein volck würd meh mit der schwartzen dinten farben kunst erklittern vnd erklettern, dan die mit der federn. Es würd meh nutz eintragen ein Abt zů sein, dan ein schlechter Münch, darumb werden viel nach den Abteyen stellen lieber, dan nach dem viertaᵉgigen fieber. Ich will lieber eins Anthonier Münchs saw vnd bauch sein, dan sein bůch. Ettliche Trucker vnd Schreiber werden sich mehrtheils mit blossen worten ernehren. Die geistlichen werden offt singen vnd ruᵉffen, da sie lieber schlieffen, vnd betten lieber in betten. Sie werden sehr andaᵉchtig lesen allzeit, wan es lange gůtte opffer geyt, das sie als dan zů den Buᵉchern der vier Koᵉnig haben muᵉessen, vnd solt es nur zwey bletter haben. Der Arm Priscianus würd sein fegfeüwr inn den Kloᵉstern haben. Den grossen Herrn werden viel auff dem fůß nachgehen, Vnd jnen lieber auff den kopff stehn. Zů hoff würd es nicht lang wol schmecken, sich schlaffen auff die kisten strecken (wann schon golt darinn leg) dann sie seind ein wenig haᵉerter dan die federn. Die Schreiber vnd Notnarry solten wol bald verderben, wann man es also halten will, daß man keinem auff schermesser vnd papyrenwisch leihen will, er hab den bürgschafft vnd pfand, vnd das gelt in der hand. Zů hoff werden suppen vnd brieff liederlich zůbekommen sein. Huᵉt euch jr Jouisten, das podagram will zů eüch nisten, jr moᵉcht eüch wol mit beltzen socken vnd krucken rüsten: Ey laßt eüch den wein mischen, ob jrs darmit verdüsten.

DIe im Eisenbeisser Mars, als das redlich bürstlein, Hencker, Schinder, Ragker, Moᵉrder, brenner, Raᵉuber, Kistenfeger, Galgenvoᵉgel, Bawrenflegel, schergen, Oelberger, Eselschreyende Zanbrecher, Starenstecher, Steckenknecht, Bettelrichter, Schnapphaᵉn, Loᵉwen, Fechter, Faustrechter, Moᵉnch vnd Hodenschneider, Galgenleyter, Tyriaxkraᵉmer, Schlangeklemmer, Schwebelhoᵉltzleinmacher, Bautzbacher, Zundelkraᵉmer, Freihartzbůben, Rosbůben, Troßbůben, Stallbůben, Mistfincken, Marterhansen, Lumpenhosen, Halbscheidler, Ratzentoᵉdtler Ratzenbeschwoᵉrer, Glücksteiber, fleckentreiber, Bangart, Catalinisch geselschafft, vnnd sonst die boᵉse bůben seind im dritten grad, vnnd gesind, daß man auff jarmaᵉrckten find, vnd nach der maᵉß für die zahlung an galgen bind, die werden diß jar vil schoᵉns dings dichten vnd verrichten. Aber der Mars troᵉwet jrem einen, daß er bald zů einem veldbischoff erhoᵉcht soll werden, der den fürgehenden leüten mit den fuᵉssen die benediction, oder den segen gibt: hüt sich des namen H. anfaᵉngt, wan er schon nicht würd gehenckt, vileicht er daran gedenckt. Welche nicht der Mars kan vmbringen, die würd der Mors verschlingen. Krieger, Reüter, Fechter werden sich verhalten das jhnen kein Wirt nichts lang schuldig bleib. Es würdt ein rauher krieg sein zwischen hund katzen, vnd Ratzen, Kappen vnd den Eyern, dem gesaᵉß vnd dem gefraᵉß, dem wasser vnd dem feüwr, zwischen wolfeil vnd theür. Im krieg, werden viel gleiches todts umbkommen, die doch vngleich Natiuiteten hatten.

DEr staubechten Sonnen kinder, Tagloener, Hundsentwehner, Landtzettler. Bettler, Kuderwelschen, Briefffaelscher, Meelkaeuffler, Kornschaeuffler, Paretleinsaeuberer, Fleckenreiber, Bierendürrer, Hundsbůben, Beckenbůben von Basel, Hipenbůben, Kommetfueller, Schüsselspieler, Sacktraeger, Koltraeger, Stiffelschmierer, so da blasen wann sie die Stiffel spicken, Feüwrschuerer, Hechler, Schnitter, Saltzsieder, Gaenßhueter, Lolbrueder, Bierkoster, Traescher, Pflaesterer, Boßler, Roßler, Bratspißwender, Handwerckschaender, Algaewische spinner, Haubenstreicher, Eßigweicher, Weinschencken, Kretschmar, Rebknecht, Raupen von Thubingen, Tauben voegt, Vogler kautzen, Jaegerschnautzen, Lackeyen, Maeder, Katzenwadel schneider, Weckholterhawer, Papirenhuetmacher, Haefftler, Schützen vnd oeberste Vrenrichter im Dorff, Halbhoeßler, Guffenspitzer, Einleger, Brunnefeger, die lieber die faesser fegeten, Kuchenratzen, Reyfftrager, Lebzelter, Leffelschmid, Sibmacher, Stroschneider, Kraeutler, Stubenreiber, Sudelkoech, Haußknecht, Koler, Roller, Keller, Schneller, Schinbruckergrauen, die gern in den gaerten schlaffen, vnd alle andere saubere bestaeubte verbrente kinder, vnd weinnasse dürstige Rinder, auch gemeinlich alle die, so gepletzte hembder auff dem rucken tragen, oder den das haar zům hůt außgeht, oder den Barfüsser orden fuehren vnnd laeuß in der Sonnen erklauben, die werden diß jhar nicht das zipperlein in den zaehnen haben, wann man sie zů gast würd laden: Sie werden gern hoeren schlagen, aber nit gern tragen: Es moecht jhnen auch vileicht schaden, wann man jn zů vil wolt auffladen, es seind gar zarte knaben, man schlueg jn mit der holtzaxt ein beül. Huet euch vor dem pfeil, daran man die kueh bind, heißt ein seil, daß es euch nit werd zů theil.

DEr Venus mit dem hitzigen stroᵉwinen Arsch verwante, als allerley
Nachtlauren, hûren, bûben, kuppler Rifiaᵉner, Hennengreiffer,
Nachtschweiffer, die nach der kammerlaug schmecken, leffler, Gaᵉf-
felmaᵉuler, Spanische Caressierer, Liebthurnierer, Haᵉndleintrucker,
Brüstleinschmucker, Narrenfresser, die jhres drecks ein pfundt es-
sen, wündlein wescher, die loᵉblich gesellschafft vom Gauch, die
der Rauch auß dem hauß beißt, Frauwenknecht vnnd thûn jhn doch
selten recht, Meidleinpfetzer, Leißschwetzer, Liebtraber,
Schmollappen, Haußbesem, Spinnenstecher, Kamerjungen, Boᵉcki-
sche Maᵉnnlein, Rote haᵉnlein, Tüttenlüller, Hundsstiller, Liebaᵉug-
ler, Mûtersoᵉnlein, Huldaffen,Vom Affen auff dem Milchhafen mit
dem pfeil des Narren geschossen, Amadißlaᵉser die ober dem Key-
ser Octauiano weinen. Item Haußmaᵉgd, Ketschmaᵉgd, Kindsmeid-
lein, Stiffelbraune Bawrenmaᵉtzlein, Dantzgredlein, Rockenstuben
bey den Roßbuben oder Rotzbuben. Vnnd nomina desinentia in in,
namen die auff ein in sich enden, vt Naᵉderin, Koᵉchin, Baucherin,
Pfaffen kaᵉllerin, Klosterlaᵉufferin, Beschliesserin, Lohnspinnerin,
Wollenstreicherin, Straᵉußleinmacherin, Senffschreyerin, Badreibe-
rin, Walckerin, Hosenstrickerin, Reiberin, Landtkremerin, Warterin,
Klosterwaᵉscherin, Leirerin, Straᵉubleinbacherin, Goldspinnerin.
Excipe Hebammen, Seugammen, Landsknechtsmûtter, Ladenpup-
pen, Begynen, Nonnen, Grempelsrawen &c. werden in grossem
ansehen sein. Aber im Krebs hueᵗen sich eteliche vor des Frantzen-
hosen vnd den boᵉcken, wann sie zû viel schlecken. Es werden auch
kein Nonnen ohn maᵉnnliche beywonung empfahen, vnd wenig
Jungfrawen Milch geben, es werd dann ein constellation. Bey leib
laß man die Toᵉchter nicht veralten, es ist kein legerops, das man
kan halten. Der Metzen ein dantz, Eim jungen lappen ein krantz,
dem Spieler ein schantz, dem fraaß ein ganß, dem Krieger ein lantz,
demm Hoffmann ein fuchßschwantz, so ist der reyen gantz. Wa die
Maᵉgd sich lang besinnen, vnd die frawen mueᵗssen spinnen, da
würd man nicht viel gewinnen. Man würd viel vnder dem weibs
volck verdencken, als wan sie jungfrawen oder ehrlich weren. Vnnd
ob man jhnen gleich hieran vnrecht thûn würd, so werden sie doch
den vnbill gern gedultig leiden. Die diß jar frû freyen, würd es frueᵉ
gerewen. Die wol verheurahten werden dis Jar accidentales, vnd
vngefaᵉrlich sein, dann es ist ex rarò contingentibus von Seldenaw,
die es meinen werden betrogen, wie jener lecker, der ein bißlin
vermeint in das bett zûmachen, vnd fueᵉllt es gar darmit, pfuy, ver-

brenn dich nit du lappenheüser am lech. Die haeßlich gemaeulten junckfrawen werden den schleyer vor dem Maul haben. Der Graue von Tugenthoffen würd diß jar nicht vil heurhat machen, sonder der von Lugenstall vnd Goldburg, wers trifft, dem klapt es, Besser schael dan faehl, sagt ein mahl ein schielender schütz.

DEr Marckjuncker Mercurius, welcher zům theil dem Geltmelckend geitzbürstlein auff der bürst, zům theil den Fantastischen koepffen, vnd kurtzweiligen künstlergeschoepffen vorstehet, als den liegern, betriegern, Beuteltreschern, Müntzwaeschern, Kauffschaendern, Marckedentern, Pfaeffersaecken, Müntzfaelschern, Müntzschmeltzern, Speckheckern, Diebischen Müllern, Kreißspielern, Würffelknipffern, (die darnach meister Hanß knipfft für ein klipffel in ein feldglocken) wechßlern, vorkaeufflern, Seckelabschneidern, Schatzgraebern, Kraetzbereytern, Buttenkraemern, glaßtraegern, Goldsandfaegern, zoelnern, Allchimisten, Decretisten, in den kisten, Meistern der siben faulen künst, Gaucklern, Daentzern, Seulgaengern, Marcksaengern, Brenneisenschneidern, Schwerddaentzern, Cûntzenjagern, Britschenschlagern, Meisterhaemmerlein, Affenbosselern, Hündlein stoßlern, Welschengeigern, Schalmeyern, Leirern, Bergreyern, Teüfelbeschwerern, Hexenmeistern, Moenchischen Nachtgeistern, Schůlsackfressern, Schinhůtbesserern, Kirchmaeßkeglern, Spanischpfefferkraemmern, Schmaltzkaeufflern, Hültzenbratspießmachern, Haespelhoesplern, Kaeßkaeufflern, Fegsandschreyern, Gremplern, Besenbindern, Leffelschnitzern, Gabelspitzern, Roßkammen, Muckenwadlern, Spicknadlern, Schaubenhütflechtern, Moerdelknechten, Speckhoeltzlein, Steltzern, Zapfenspitzern, Tellerschnitzern, Maeußfallenzimmern, Voegelbekümerer, Algoewischen haußmalern, Kaeffichschnitzlern, Fischnetzlern, Spindeltraehern, Sternensehern, Würffeldrehern, Trummenschlagern, Fidlern, Schweglern, Trumscheitern, Alpenhoernern, Brüchlern, Frettnern. Nun disse alle vnd andere jres gleichen, warnet Mercurius, vnd fuer das erst die ersten, daß sie steiff auff den baencken sollen sitzen, daß sie nicht brechen vnd banckerottieren, die andern, daß sie nicht singen sollen wann sie lieber weineten, vnd des gelts halben nicht bekümmert sein, sonder nur vmb wein, das gibt gůt thauben ein. Es werden die Tůchleüt an dem daumen nicht bald erlamen, oder das podagram kriegen, dann sie brauchen jn wol im elen messen. Auß den Alchimisten werden eh falsch Müntzer entstehn, dan auß den Odenwaeldern. Es würd vil dieb auff jarmaerckten geben, Aber Mercurius troewet jn bey jrem leben, das sie nicht bleiben bekleben, man würd jn sonst ein stopffung geben. Wiewol den dieben alle kleider gerecht sein, so geschicht jn doch wie den Affen, die man in den stiffeln faengt, vnd darnach an die ketten haengt. Den dieben würd man nicht lang trawen. Der finster stern troewt dem Spanischen pfeffer, o jr Landkraᵉmer lauffet, secht das jr vorkauffet, die bauren haben starcke Eselszungen, die wurtz schmeckt jhn sonst nicht, sie sey dan raᵉß vnd beiß sie in daß gesaᵉß. Den Mercurium werden die Alchimisten als ein Ketzer verbrennen, vnd im grund den Lapidem Spittallauficum finden.

DEr Wetterlünig Mon zeigt an, das sein kalte lunsichtige vnderthanen nicht viel richtiges grosses handels treiben werden: als da seind Narren, Stockfisch, Esel, Beschneidstül, Gebichte thoren, gefürnißt fantasten, Fischkaᵉuffer, Bottenlaᵉuffer, Postillion, Holtzhacker, Angelfischer, Kesselbesserer, Pfannenbletzer, Badkretzer, Kraᵉtzenbesserer, Vergenfůhrleut, kumetziger, Jacobsbruᵉder, Geißhuᵉter, Huᵉnerbeschroter, Capaunenschneider, Fensterpletzer, Kuᵉnhawer, Thüncher, Tachdecker, Schindleinleger, Fischerbuᵉben von Straßburg, Bilger, Walfartlauffer, Biersauffer, Rubenschreyer, Brotmaᵉier, Scherenschleyffer, Thurnpfeiffer, Schneckengraber, Lederschaber, Karrherren, Laugen distillierer, Clistierer, Brunnenschoᵉpffer, Baumpfroᵉpffer, Galeenknecht, Riemenzieher, Ruᵉderer, Floᵉtzer, Baursknecht, Bürstenbinder, Schatzgruᵉnder, vnd vnglückfinder, Hawer, Monschawer, Raᵉttichplotzer, Gumposter, Baderknecht vnd alles Melancholisch schwerkoᵉpffig Naß geschlecht, vnd langweiliges gemaᵉcht: Dise werden jn groᵉssere Reichthumb einbilden, dan sie empfinden, vnd den schimmel wol vom gelt treiben. Sie sollen bey leib nicht die alten Schůch hinwerffen, sie haben dan newe. Die Fischer werden zů land nicht gerhaten. Die in die Krebsloᵉcher greiffen, werden ein Menschen hand herauß ziehen. Ihr glück ist im spaten waᵉdel gehawen. Aber wer kan für vnglück, wan sein das hauß voll ist: Besser ein fenster auß, dan ein hauß. O frommer schein, O falscher schatten.

Von den XII. Monaten vnd dem eingang der Sonnen in die XII. Zeichen, auch jrer wu^erckung, sampt einer grillischen Laßtaffel.

IM Jenner würd die Sonn vmb ein stund fru^eer auffstehn vnd der Wasserman ein warmes bad giessen, deren würckung in badstuben am sta^ercksten würd fliessen. Wann es in disem Monat gefroren ist, so würd es sein ku^el, trucken, vnd frisch. Vnd würd der Arm gleich so wol ein ku^elen trunck mo^egen haben, als der Reich, wiewol die tra^enck seind vngleich. Der weiß Schnee würd den vnsauberen Menschen nutzlich sein, dan im ersten grad ku^elt er, im anderen feuchtet er, im dritten sauberet er. Schwartz Erd ist golds werd, Rote ist todte, Steine ist keine, Weisse erd ist auß gedert. Voll sand gibt voll hand. Die alten hu^eten sich, das jhn nicht der Eyerstock erfriere. Welchen nit freüßt soll den offen hinderwertling ansehen. S. Vincent disen Monat den gro^esten Winter seind: Vnd ist zů der zeit wol zůerkennen, welche suppen warm oder kalt seind.

1. Das erst Neuw würdt an Cůntz Schlauraffen hochzeit, zů nacht bey dem Ka^elber dantz auff dem Nollsack, und ist der Mon im schopff, auch gůt lassen hinder dem offen, in der glu^eenden kachel, da man die fu^eß verbrennt, gleich mitten im glaß, da man die zungen schleifft.

IM Hornung, welcher kein garten hat, der soll sein baeum vngebutzt lassen. Wer im Fisch dises Monats geboren ist. der würd gewiß kein Menschenfleisch haben. Das kalt Wee würd noch vil zitterns geben, besonders den barfüssern, sie ziehen dan vor Offen, vnd lesen im bůch der Koenig vom schellenkoenig, wie der Karttenheüser vbung ist. Tyriacks auß dem Weinglaß ist gůt für vnmůt, aber er můß nicht groß sein, er vberwieget sonst den Wein, vnd macht die witz klein. Schaw huet dich vor vberiger Weißheyt, dann man würfft die Narren bald auß der wiegen, wer dann mit gaeuchen zů ackern gehet, der můß mit gecken aegen. Vmb des Peterstůl fest, sůchen die Storcken jr nest, vnnd kompt von Schwalben der rest. Mattheis bricht das Eyß, find er keins, so macht er eins. Der Jenner vnd Hornung haben mueh, füllen die kaesten oder laeren sie. Es sagt der Bawr ein kurtzer Hornung sey ein laur: aber sie seind selbst lauren, sie sagen nur von jren Mauren. In der fasten würd das Miserere sehr gemein sein, wie das vluluya zwischen Pfingsten vnd Ostern.

2. Das ander New würd am kalten Montag, als die fraw den beltz verbrant, zů mitternacht am sonnenschein, 3. stund siben minuten im Eselsstall, bey dem Melckkübel, vnd ist im kalb, hat jnnen den kragen vnd magen, vnd würd gůt lassen am augapffel, Artzeney gůt auff dem strosack, da ein die federen in hinderen beissen.

IM Mertzen wo^ellen Sonn vnnd wider schertzen, da würd das bau-rsvolck reisig werden, vnnd ein feldordnung anrichten, derhalben gemach ins dorff, die bauren hund schlaffen. Wann in disem Monat mit eim schertzet der wider, so stoßt er jn nider. O die kranckheyt flieh ein jeder, dann in der gantzen welt sollen viel leüth sterben, die kein Schnecken essen, vnd nicht la^enger leben ko^ennen: O ich a^eß eher wie jene Edel fraw, Ka^eß vnd Brot, dan ich hungers stirb. Zů anfang oder zů end, der Mertz sein gifft send. Ein feüchter fauler Mertz, ist der bauren schmertz. Kein Ma^eußlein on ein heüßlein, kein Ruffian on ein putan, kein hinders on vornen, kein Ros ohn dornen. Auffstehn fru^eh hat mu^e, vnd kompt nur offt zů fru^eh, wie jener fraw wann sie zů fru^eh auffstůnd, so versaltzt sie die supp.

3. Das dritt Neuw würdt an dem blawen freytag, drey schrit, zwo minuten hinder der thür, da der Jeckel in die grůben fiel: Vnnd ist der Mon inn der scheißbütten: Würdt gůt lassen bey der krautdun-nen, am kellers halß, im fladen hauß, da man die ga^enß schu^ert, hart am quatterloch, als der lecker die waden bescheiß da man den gel-ben brey kocht: Artzney iß in der schmeißbütten.

IM Aprillen brilt der Ochß weit, weil jn die Sonn reut. Vnd ist der Gauch Monat, dann da lassen sich die Gaᵉuch hoᵉren vnnd ehren. Wer nicht halten kan der soll lassen. Jederman huᵉt sich vor grosser kranckheyt, dann sie ist fast vngesund, den todten würd gůt koᵉpffen sein. Der Reitend würd leichter vortkommen dan der fůßgehend. Auff Kirchweihen soll woll mancher den Gauch im pfeffer essen. Wer ander leüt schwertzt, ist darumb nit weiß. Ein dürrer Aprill, ist nicht der bauren will, sonder der Prillenregen, ist jn gelegen. Am morgen kuᵉl im April, macht schlaffen vil vnd still. Ostern ist nie on staub vnd laub.

4. Das vierd New würd an tag Heintz lappenschedels, zwoᵉlff hanenschritt hinder der holtzmuᵉl, da der fridel die hosen schmiert, der Mon im singfinger zeichen, vnnd hat jnnen die oberst krüpff, würd gůt lassen am lincken ohrlaᵉpplein für den Narrenstich auff dem beschneidstůl, ist gůt baden die zungen ins Kellers loch.

IM Meyen kompt die Son zů zweien zwilling (dann drey hab ich nie gesehen) Darumb würd niemand gern allein sein. Den lieben würd die nacht kaum .8. stund, den zaᵉnkischen der tag noch so lang werden. Welche fraw disen Monat empfaᵉngt, würd darnach bald schwanger werden. Es sollen dise Monats zeit die Baᵉum vnder dem laub stehen: Die gebornen Doctor werden fast laᵉppisch sein, vnd die alten haᵉut werden vil gerbens bedoᵉrffen. Der hat ein boᵉß nachtmahl gewiß, der alles auff den Imbiß ißt, Schwartz hennen werden weiß Eyer legen. Die Gaᵉuch werden im feld fliegen, aber in der Statt werden sie gehen. Wer dem Hirten das graß abmaᵉyet, wird den Schaffen schaden. Die Eyer kuchen von neün vnd neüntzig kraᵉutern werden gemein sein, secht daß euch kein gaᵉuchkraut im halß besteck. dann es ist kein schleck, was die kuᵉh vnder dem schwantz hacken, Ich geb eim nit ein dreck vmb die Naß, wann eim ein kůh auff ein aug thůt. Den Meyen voll wind begert das baurengesind: aber der mehst theil sagt der Meyen solte sein zwischen zweyen, nicht zů feücht, wie muᵉßt er sein vileicht? Ist der Mey ein gaᵉrtner, so ist er ein gůter ackerer, & contra wie man die wollen streücht.

5. Das fünfft New würd am gelben Mittwoch, als der Ripel die stieg abfül mit drey schüssel eingesultzter hundsfuᵉß, vnd ist der Mon auf Schwaᵉbisch voll, hat jnnen sieben maaß tromiers, vnd ist gůt lassen an dem lincken Holtzschůch, Artzney gůt in der hundsmilch. Baden im weinbach.

IM Brachmonat würd das schaffscheren erst recht angehn, dan die Son bringt den krebs mit seinen grossen Thonawischen scheren, welchen die bauren zů Liegfeld für ein schneider ansahen, vnd darnach ertrenckten. Wer im Krebs gebvren ist wuᵉrd jm haben muᵉssen vnder dem schwantz liegen. Vmb Sanct Johans tag würd es viel brunst geben. Die schoᵉnsten würd man am liebsten haben. Bey den hohen bergen wuᵉrd man thieffe thaᵉler finden. Barnabas den laᵉngsten tag las, vnd wuᵉtet sens im hew. Sanct Medard ist ein Maᵉder, vnd das er nicht regen trag, er regnet sonst viertzehen tag, vnd noch mehr wers glauben mag. Bey den schloᵉssern vnd schmiden würd es vil staᵉhlens geben, So werden die Haffner aber ein mahl den bauren kruᵉg anrichten. Hertzog von Duᵉrstberg würd vmbschlagen, vnd das Milchvolck nach dem gesundbrunnen weisen. Wann es nach dem Krebs gehen soll, so werden die seulen hinder sich gehn, die schaᵉmel auff die baᵉnck steigen, die hauptküssen ligen zů den fuᵉssen, der bauch zů vorderst gehen, der Arsch zům ersten nidersitzen, der geknipfft würffel auff elff fallen, Kein Eß im flüßspiel gefunden werden, noch die bonen im Koᵉnig kůchen auff die heyligen drey Koᵉnig tag, vnd die nasen krumm wachssen, die augen hinder sich sehen, vnd der arß hinden auß blehen.

6. Das sechst New würd auff den hungerigen freytag vor der faßnacht im thaubenschlag, da die Fledermaᵉuß außhecken, vnd ist der Mon in der Meid, Ist gůt lassen auff dem dach vnder der stiegen, da die gaᵉuch jr naᵉster haben.

IM Ho^ewmonat hu^et sich bey leib jederman daß er kein ho^ew eß, aber daß ho^ew daruon man in lidern singt, das bringt. Es würdt dise zeit die Son so hoch stehn, das sie niemand erlangen würd, vnd so fast eilen dem lo^ewen zůentlauffen, das sie jhr vnd vns heisse hundstag machen würd. In dem Monat werden Neun mucken fette halben so gůt sein als ein velthůn, Darumb werfft sie nicht auß dem salat oder pfeffer. Auch würd das klein gevo^egel vmb Sanct Veits tag so heimisch werden, Das es frey mit dem grobsten bauwren die Milch würd auß der schüssel essen. Zerbrochen fenster werden zerbrochen Gla^eser anzeigen. Wann man Ho^euw ab lad würd man vor großem gesta^eub die Muck nicht sehen, die darauff saß, vnd sich groß vermaß. Dise Monats frist werden die dornen scharff sein, darumb wer zo^ernen will, gang von der hecken, daß er den arß nicht zerreiß.

7. Das sibend New würd auff des karno^effels tag des spielers, drey stund nach mitternacht, vier minuten im gold, vnd ist der Mon in eim bo^esen zeichen, wan der Man das weib schla^echt: vnd hat jnnen den la^eren seckel, ist gůt lassen im ha^effenkübel, da die geda^ewten linsen in liegen, die dem Schwaben seind entfallen, der sein karrenma^esser mit vier jungen deglein daran verschlecket: Artzney gůt in der suppen, gůt baden im kuchenladen, da der fritz hinein gutzt, vnd man die hund bespritzt.

IM Augst gibt es hitzig lieb dan die Sohn geht in die jungfraw, dise zeit würd so grausam heyß sein, das ein schwartzer Krebs, so man jn siedet, gantz rot würd, das seind dan lustige todten, wie auch ein spinfaᵉrlein. Die in hunstagen nach dem hund lauffen sollen nicht gebissen werden. Sanct Laurentz ist der waᵉrmst lentz. Augst soll sein ein Augentrost, Macht zeitig korn vnd Most. Es würd sich nit bedoᵉrffen das man hund, fliegen vnnd junge faᵉhrlein auff die hochzeit lad, sie werden on das kommen. Das pulffer wird so feürgirig sein, das es von eim kalten stein vnd kuᵉlen eisen mag erzürnt werden. Huᵉt dich vor bleyenen pillulein, sie moᵉchten dir zůstarck sein. Die dürren kuᵉh werden meh Milch geben, dann die feißten ochsen. Man würd die fisch mit den haᵉnden fahen ohn Reigerschmaltz im dreck gesaltzt, Ey lieber lapp, greiff darmit in halß.

8. Das acht New würd auff Lutz Schwolnars tag, der den schlegel fraß, sechs hasensprung hinder dem Kalkoffen. Vnd ist der tag kurtz wann der Mann nicht daheim ist, würd gůt lassen in der klapperbüchßen, bey den alten Weibern, zů dem Sieman Schneider in der wasser gassen: Ist der Mon im krebs, so gůt anschlaᵉg hinder sich gehen.

DEr Herbstmonat steht in der wag, da würd er viel wackelende weinenten geben. Bachus würd auff der kirmeß Sanct Othmars flaᵉschlein kauffen, vnd darmit tauffen. Oepffel vnd Bieren werden mit dem gegenschein des starcken winds grossen abfall leiden. Der Kauffleut glück würd in der wag stehn. Man wuᵉrd nicht viel Rephuᵉner vmb wenig Danzapffen geben, aber viel Schnecken schalen würd man zahlen. Ist im Herbst das wetter hell, So bringt es wind im Winter schnell. Wa kein Bangart ist, würdt leicht trauben abzůbrechen sein. In weinfaᵉssern vnd gauckelsaᵉcken, sollen große freüden stecken. Man würd den wein on leytern in den halß ablassen. Vor dem Herbst würdt man nicht bald most trincken. Sanct Vrbans plag vnd der Rang, würd vielen machen bang. Die vor dem Durst trincken, Werden nicht bald in ein Onmacht sincken. Auß eim Mageren gesaᵉß, würd auch kommen ein groß gefraᵉß. Die Sackpfeiff wuᵉrd nicht gehn sie sey dan voll. Derhalben auff du Rebendroll, es gilt dir voll ein boll, So würst zeittlich doll, vnd machst den hůt voll.

9. Das neünd New würd so man alt schuld heischt, vnnd ist in eim boᵉsen zeichen, so der mann kein gelt hat, sieben stund neben der spindelmetzen, bey dem Eßigfaß nach der bierglocken. Vnd der Mon ist im bock, so er die geyß stoßt.

DIeweil im Weinmonat die Sonn im Scorpion ist, würd es manchem den Magen vergifften, das er außbrechen mūß. Im Beyer land werden auff den Ackern ganz waᵉgen voll Raben wachsen, im land zū Francken wuᵉrd kein fliegen mehr sein, aber auß taᵉygen bieren werden sie Boᵉhmisch feygen machen. Drey weiber vnd sechs Gaᵉnß werden ein klappermarckt anrichten. Die haᵉfen werden auff die drey fuᵉß steigen. die huᵉt auff die koᵉpff, die stein werden hart sein, die floᵉh schwartz, wie auch sonst die Nachtraben vnd finstere knaben, die bey nacht traben.

10. Das zehend New würd am gruᵉnen Mittwoch im finstern loch, da die Eülen schnappen, Vnd ist der Mon in der geyß, hat jnen das mittel in der glocken, würd gūt lassen am kreiden marckt, da man kolen mißt: bei der dreck orgel, da die Saᵉw zū Chor singen, ein Kyfigß auff der barillen, da man mit dem gsaᵉß durchguckt, am tag als Cūntz Sawdreck gehn Pfingsten reut.

DEr Wintermonat würd den Sommer theür machen, vnd dem herbst das hertz abschiessen, auch den schützen feirabend geben. Die himmel federn werden zů fliegen anfangen, doch nicht so warm sein als sanct Martins gans federn. Dem flachs würd es vbel gehn würd er anderst nicht geradbrecht. Es würd viel plitzens vnd donnerens geben in Badstuben. Die von Schweinfort werden die Aicheln mit der haut zahlen mu^essen, dann würd es in eim gůten naschspeckt sein. Es werden sich jr viel lieber spat niederlegen, dan fru^e auffstehn, Auff Sanct Martin u^ebt man gůten win, aber da erschrickt mancher baur vnd Zinßmann, der nicht zahlen kan. Auff Martins tag der winter fa^elt, wa^echset der tag so wa^echßt die ka^elt. Welcher sich auff Sanct Andres abend zů tod fast, der würdt noch disen Monat sterben müssen, vberlebt ers aber, vnd jhr noch elffe darzů, so würdt er vmb ein jar a^elter werden.

11. Das eylfft New würd an dem tag des würdigen latzenbesserers, vnd ist der Mon im schüsselkorb, da die fraw dem Herman den fischberen vber den kopff zog, zwischen Stocknarrn vnd wenden schimpff, vnd hat jnnen das vnder theil der steltzen: Ist gůt lassen hinden an der Mistporten, in der vnderen Apotecken, da man das Balsam gra^ebt, genandt in dich zů leck ein: Artzney gůt im hinder spiegel, da man die brieff mit gelb sigelt.

IM Wolffmonat wu^erd der Steinbock die Sonn aufferwecken. vnd so vngestümm sein, daß er dem jar den boden gar würd außstossen. Das blaw vom Himmel zwey lot, das grůn vom Regenbogen vier lot, ein stuck von dem Nebel, das alles mit eim Affenzagel zůsammen gebunden ist gůt für den blawen hůsten. Wer disen Monat nit vberleben mag, dem soll niemands kein new Jar wünschen. An Lucie tag wachßt der tag vmb ein flo^ehhupff. Der fro^erer würd den vbelkleideten den kalten schweiß zůr nasen außtreiben. Goldtwurtz eingenommen so viel genůg ist, für die armůt gůt.

12. Das zwo^elfft New würt am tag Heintz lapp den Bapp, des würdigen Würstbůben, zwo stund zwischen Loch vnd Brůchausen. in dem Eulenflug. Vnd geht der Mon in die Karpffen, in ein bo^eß zeichen, das haben die Narren jnnen, würd gůt lassen am tag Seitz Todtengrabers, vor dem gerner an der grabschauffel, jnnerhalb des leich thůchs, vnder dem grabstein, das ist die letzt la^eß im jar.

Von früchten, Obs, Wein, auch anderm gena^{e}sch vnd essensspeiß, vnd vieh vnd Thieren.

DEr gemein Mann so vil saur butter Milch, vnzeitiges ops, vnd pflaumen ißt, würd daruon durchfa^{e}llig werden, vnnd alles bey jm erstincken, vnd erfaulen. Das getreyd, korn vnd weytzen würd dem Armen am kauff alzeit zů theür vnd dem Reichen zů wolfeil sein. Der wein wu^{e}rd im Schwartzwald vbel gerhaten, im Bo^{e}hmer wald gar vmbfallen, aber in gůten Weinla^{e}ndern zimlich ansetzen, auch viel leüt erniedern von stu^{e}len, ba^{e}ncken vnd stiegen. Volle fla^{e}schen werden machen la^{e}re ta^{e}schen, bo^{e}se kleider vnd liecht kuchen vnd ha^{e}user. Das jenig bier ist am besten, darinn am wenigsten wasser ist: Dis jar würd es viel kerschen, pflaumen, o^{e}pffel vnd bieren geben, vnd werden wol gerahten auff dem obern Marckt zů Costentz, zů Augspurg auff dem Berlach, zů Straßburg vor dem Münster, zů Bamberg auff der hohen Brucken. Von welchem kerschengenesch viel leut die stein im leib bekommen: Welche zůr hinderthür sollen außpurgiert werden. Vmb dise zeit sagen die alten were dz Mauren am besten, angesehen das Mo^{e}rdel vnd stein bey einander sein: Auch sein die stein gedo^{e}rt gůt zů wa^{e}rm sa^{e}cklein die die Nonnen vnder die füß legen, fürnemlich so man sie auß dem bach ließt, oder hinder den zaunen, nur auffgeklopfft vnd die kern zů den Apotheckern geschickt, die wissen sie theuer zů verkauffen. Wer den wein nicht vermag, würd sich das wasser zů trincken nicht verschmehen lassen. Wa die Narren nicht brot essen, würd man den Rocken wo^{e}lffeler messen. Gelb vnd weiß Růben, Rettich, Zwibel vnd kraut wu^{e}rd man genug finden vmbs gelt zů Straßburg bey den fischba^{e}ncken, Zů Bamberg in der ka^{e}ßlers gassen vnd auff dem krautmarckt. Die schwartze ku^{e}h werden weisse Milch geben. Diß jar wu^{e}rd das gro^{e}st theil von speck schweinen sein. Die blu^{e}est an ba^{e}umen würd den früchten vorgehn. Wan der armen leut wůnsch vortgeht, so wu^{e}rd ein grosser vberfluß des Korns vnd Weins sein. Man wu^{e}rd diß jar kein Krebs im lufft fangen. Ein grosser mangel würdt an distelen sein, von wegen der Esel mit den kurtzen Ohren. Auff wol fu^{e}tern ist gůt Růdern. Wer můß ißt, wu^{e}rd wol etwas mit můß erzehlen ko^{e}nnen, fu^{e}rnemlich wann er den brey im Maul hat. Wann der stein auff liegt würd der bratspiß nicht meh lauffen. Rote oepffel doerffen auch wol würmstichig sein, wie auch die schoenen jungfrawen. Wer ein Reiger schindet hat ein magern vogel. Gehst in die Erbsen, so issest kein bonen. Drey taegig fisch, taugen auff kein Disch, vil lieber frisch. Besser ein Muck im honig, dan hundert huernaussen on honig, dan wa nicht ist speiß, da seind auch nicht Maeuß, vnd wer todt ist empfind kein laeuß. Das sagt mir wol ein Narr, vnd bleibest du weiß.

Metall, Gold vnd Reichthumb.

DAs Silber wuᵉrd dem bley vorgehn, auch dem Englischen Zinn. Aber die Platner vnd schlosser werden mehr eisen verschmieden dan silbers. Das kupffer würd zů grossen Ehren kommen, dan mans in viel Muᵉntzhütten zům Silber heurhaten würd. Das geschmiert gold würd vngeschmirt nicht prob haben. Das heilig kreütz würd man auff der gulden Muᵉntz werd halten vnd leiden, aber an der stirnen würd mans neiden. O du heyliges ducaten creütz, wie reitzst zů kreütz vnnd geitz. Man würd meh beschnitten gelts finden, dan beschnitten finger. Die kronen werden sehr getruckt werden. Man würd nichts bald so fleißig behalten, als die alten doppeln Ducaten. Gelt würd bringen gunst, aber kein kunst. Die im Bergwerck graben werden meh stein finden, dann gelt gründen. Gelt einnemen würd diß jar für den Reichthumb mehr im brauch schweben, dann das außgeben. Es würd bleich sehen gold vnd geld, vor sorgen, das man jhm so sehr nachstelt. Die reichen werden besser zehlen moᵉgen (wann sie anderst woᵉllen) dan die Armen. Die Alchimisten werden den Mercurium braten vnd sieden, vnd im grund den lapidem Spittal lauficum schmieden. Wer das gelt veracht vmb des boᵉsen seckels willen, den solt man mit Mum fuᵉllen. Es würd gůt sein, das man meh vorrhat schaff von gelt dan von hew. Dann wiewol es theür ist, so essen es doch nicht alle thier. Des S. Francisci leiden vnnd Orden würd sehr groß sein bey denen so kein gelt haben. Wer gelt hat wuᵉrd es ohn zweiffel warm halten, wer keins hat, darff kein seckel darzů kanffen, noch zů den wechßlern lauffen.

Von Vngern erhoertem glück.

NIchts würd dis Jar koestlichers auffkommen, darob man doch weniger frewd haben würd, dann ob den vnuerhofften früchten der schwangeren jungfrawen, ob welcher frucht kleine frewd ist, so doch nichts koestlichers dan der Mensch auff erden erschaffen würd. So werden Vielmaenner durch grawe haar zů ehren vnd einem alten ansehen kommen, dessen sie sich auch frewen werden, wiewol sie in der jugend nicht kondten bald genůg alt werden. Der Hanenkraeh würd den faulen Maegden nicht lieb sein, fürnemlich der Laenen. Besser ein weites glück auff dem Rück dan ein nahes vnglück im anplick.

Gewitter.

DAs Thonnern würd meh gethümmels han, dann der plitz. Wann es regnet würd es weniger bestaᵉubt schůch geben. Haltet die Münch zů hauß, dann kommen sie auß, so regnets oder will anfangen drauß. Im grossen regen werden sich die weiber hinden auffdecken, auff das sie das haupt verstecken. Wann der Hagel als erschlagen hat, So ist das Wetter laᵉuten zů spaat. Man kent das wetter an dem Wind, die fraw nach dem gesind. Den gebichten vnd gefürnißten Narren würd kein Regen schaden, es sey dan das sie warm baden.

Von Nationen vnd Sta^etten.

POlen vnd Vngeren würd diß Jar groß Krieg führen mit dem vnge-
ziffer. Sachßen, Meyssen vnd Thüringen würd das gering bier nicht
gern trincken. Venedig, Straßburg, Costentz vnd Lindaw würd an
wasser nicht leichtlich abgang haben. Aber der gemein Mann zů
Würtzburg wu^erd nicht so reich sein, als desselbigen orts ettliche
Domherrn. Den Bayern vnd Schwaben würd es wol gehn, wann sie
kein mangel an der notturfft hetten. Die Sta^ett werden ledig vom
Todt sein, so bald man sie hat eingegraben. Antorff würd vngleiche
ka^euff treiben. Zů Regenspurg würds wasser vnder der Brucken
hinfliessen biß gehn Constantinopel ins Meer. Zů Augspurg werden
Ma^euß an statt der Ratzen sein. Spanien würd zůnemmen wann es
jm nicht fehlt. Man würd den Spaniern vnd den Polen acht auff die
ha^end haben mu^essen. Das Niderland würd zůsteigen haben will es
in das Oberland. Die Italia^ener werden sehr die Esel trucken. Die
Saracenen werden mechtig von den Mucken vexiert werden. Es
würd viel fisch im Meer geben, vnd niergend meh saltz dan in der
pfannen, vil Sa^ew im Beyerland, vil sand zů Nu^erenberg vnd Ha-
genaw, vil Rettich vnd Růben zů Straßburg, vil wein vnd bettler im
Elsaß, vil Korn in Polen, vil ku^eh im Schweitzerland, viel Ochsen in
Vngeren, vil Butter in Holand, viel Ka^eß in Flandern, vil Ha^engst in
Frießland, vil danzapffen im Schwartzwald, vil ha^ering inn Seeland,
vil Roß in Denmarck, vil mandelen vmb Speir, vil Honig in der
Eyfel, vil Hopffen in Saxen, viel Speck in Westphalen, vil Ga^ens im
No^erdlingergaw, vil Geissen in Hessen, vil Hutzelen im Algo^ew,
Lo^ewen in Affrica, Kümmich in Malta, Maulbeerbletter zů Messana.
Schwartz leut in Morenland, Weiß leut in Schweden. Corallen in
Egypten, Zimmet in Zalon, pfeffer vnd imber in Calicuth, Greiffen
in India, Pantherthier in Parthia, Tigerthier in Hircania, Perlin in
Persien, Myrrhen in Arabien, Thůch von Antorff, Gewürtz von
Lisabona, Seiden von Venedig, Barchet von Vlm, Eisenwerck von
Nürenberck, Reiß von Meiland, leinwat von S. Gallen, Baumwollen
auß Cypern, Cypreß in Creta, Magneten in Macedonien, gifft in
Thessalien, zucker zů Palermo sümpff in Massow, feüwr im He-
ckelberg, Schnee auff Alpengebirgen, Veltliner vom Chumersee,
Rangenwein von Dann, hammelfleisch in Malta, Küngelein in Spa-

nien, Arles von Arles. Eulen zů Athen, Ka^elt in Samogetia, Granato-
^epffel zů Granata, Augstein in Preüssen, Schlehen im Jochimerthal,
Quecksilber im Scho^enbach, Schiff im Haaffen, Auwerochsen in
Polen, Schiffholtz vmb Genua, Wullen in der Bůch, Brunnen in Bur-
gund Krebs zů Pruntraut, Scorpion in Welschland, Wandleüß in
Franckreich, Marmelstein zů Verona, Reinfal in Ho^esterich,
Growerck in Lyffland, Schleiffstein zů Padenborn, graw hasen in
litthaw, Pfaffenhůren vnnd Esel zů Rom, Weiß Ba^eren bey den Re-
üssen, Su^eßholtz zů Bamberg, Ka^emmetfa^eger in Churwalen: Curß-
wein in Corsica, Kreiden auff der Schampagni, Kro^epff im Pintz-
go^ew, Silber in Tyrolischen bergen, Warm wasser in den Ba^edern,
Saltz zů Hall, Mett zů Eger, Stockfisch in Nortwegen, Rainger in
Lappenland, Wachs in der Moscaw, Schaff vnd thůch in England,
Steinsaltz zů Crackow, Weyerfisch in Westerich, Seefisch im Hee-
gew, Hanff in der Mortnaw, Eßigwein zů Ingelstatt, Eichelen im
Nordgaw, Dantzend pferd zů Neaples, Juden zů Franckfurt, Muf-
felthier in Sardinien, Holtzo^epffel vmb Saltzburg, Zwibeln in
Francken, Gersten auff der Alb, kesten vmb Heidelberg, Salmen in
Schotten vnd Ga^euch durch alle Land.

Kranckheyten Artzneyen vnd sterben.

WAnn der Wind nicht blaset würd ein groß sterben in dem Spittal in die floᵉh kommen. Es werden so vil geistliche sterben, das man niemands finden würd koᵉnnen, dem man die pfründen verleihe, dermassen das jren vil zwo drey, vier vnd mehr besitzen werden. Die blinden werden nicht einen sticken sehen, die tauben werden gar wenig hoᵉren: den podagramischen würd das dantzen erleiden, die stummen werden stillschweigen vnd die hinckende sich neigen. Vil Schaaff, Ochsen, Schwein, Voᵉgel, Huᵉner, Dauben, Gaᵉnß, Enten, werden sterben in den kuchen, vnd würd ein solch sterben nicht vnder die Affen vnd Kaᵉmmelthier kommen, wiewol man es sonst genaw sůcht, das auch die Froᵉsch vnnd schnecken vor grossem schlecken nit thieff genůg sicher in der erden stecken. Vil wunden werden vnheilbar sein. Ein Wundartzt der barmhertzig ist, ein wund nur meh verwüst. Ein Artzt verzagt, der die krancken viel fragt, sie doppel plagt. Die Polnischen kopen von gewürtz, auch von Rettich vnd zwibeln die fürtz, werden den luft vergifften. Als dan wann ein sterben vnder die Gaᵉuch kompt, so sperret fenster vnnd laden zů, es moᵉcht sobald ein vnschuldigen treffen, duck dich gauch der Narr ist voll, &c. Werden sich die jungen wie die alten zů sterben entsetzen. Kein Milch auff die Fisch, sonder ein Nuß erwisch. Milch auff wein ist gifft, Aber auff Milch den wein, das mag ein Artzeney sein. Wz sol andere Artzney zuckerey vnd zauberey, die die leüt toᵉdten on schoᵉw: Aber die Artzeney ist galgenfrey, Auch kan ich wol ermessen, dz kopffwe erfordert essen, vnd das Magenwee scheissen das darff mich kein Theophrastist weissen. Vnd essen vnd nit getruncken, ist sv vil als gehuncken. Deßgleich wer wol schlaᵉfft, seicht, kopt vnd furtzt, Bedarff kein Artz noch wurtz. Vnd fleisch macht fleisch, fisch macht nisch, und knobloch ist ein gůter koch, erhalt den bauren noch, den Apotheckern zů schmoch, vnd den Doctorn zů poch. Ein kappen acht Monat alt, ich für ein Keysers essen halt, wiewol ein Kochersperger Baur auch mit aᵉß. Die flüß vnd Catarrhi werden diß Jhar meh vom haupt fallen, dan vom gesaᵉß, dann auß dem fallen kein flüß, sonder ef er es. Die gründigen werden sich selbst beissen grammen vnd fressen. Die bloᵉdigkeit der augen würd dem gesicht wee thůn. Die padagrammischen werden sich baß an den zaᵉhnen dan an den beinen befin-

den. Die gesunden werden sich besser gehaben dan die krancken.
Die das durchlauffen kriegen, werden offt den koᵉnigstůl besůchen,
vnd soll jhn in solchen aufflauff erlaubt sein, wann sie kein wisch
haben, die finger oder das hembd zů brauchen, oder, wie ichs von
eim lecker gesehen hab, zieh den einen strumpff auß, vnd wisch
inwendig das gesaᵉß dran, Deren lungensichtigen würd vom ste-
chen der Kützel in der seitten vergehn. Das Grün würd zů vertrei-
ben sein mit dem schwaᵉrtzen. Wann ein Podagramischer ein
Pfersichkern trucket das er Oel gibt, so würd jm geholffen. Die
feüchten getreuwen Nasen werden vil schluckens vnd truckens
bedoᵉrffen. Das Alte würd sein vnheilbar von wegen der vergang-
nen jar. Es würd das leben kosten denselbigen die da sterben vnd
als dan werden sie kein beckelhaub meh bedoᵉrffen. Kurtzumb wir
muᵉssen vns zůletz alle im haᵉußlin behelffen, da der gibel biß an
die nasen stoßt, vnd wer da froᵉlich vnd fridlich fahrt daruon, der
würd auch fridsam auffersthon. Darauff doᵉrfft ich schier sterben,
daß jm also sey, wann es nicht weh thet, vnd sein müßt.

Nun das ich es recht beschließ, dann so das end
gůt ist, so ist es alles gůt, sagt ein mahl
ein Herr sehr Reich, mir vngleich, belegt
er ein zwilchenen küttel mit
borten von guldenen stücken.

Es steht in Ecclesiaste.

WEr allzeit auff all wind will sehen,
  Der wuᵉrd nicht saᵉyen oder maᵉhen.
Drumb nam ich Winhold dise muᵉh,
  Vnd procket dise praetick hie
Das die Sternblaᵉnder vnnd sternschaᵉnder
  Betriegen nicht meh staᵉtt vnnd laᵉnder
Mit falsch Prognosticationen,
  Da sie den Herren vnd Nationen
Woᵉllen vorsagen künfftig sachen
  Vnd luᵉgen das die himmel krachen,
Woᵉllen die leuᵉt mit sternen schrecken.
  Doch wer wolt glauben disen gecken.
Weil sie offt in geringen dingen
  Gar haᵉßlich grob zůsamen klingen.
Vnd setzen offt ein Schaubenhůt,
  Da wol ein filtzhůt besser thůt.
Wa sie in solchen sachen fehlen
  Wer will sie dann fuᵉr glaubhafft zehlen
In stuᵉcken daran meh gelegen
  Wann kranckheyt, krieg sich sollen regen,
Wa sie nicht sagen war dem Bauren,
  Wann er soll pflantzen oder Mauren,
Wie wolten sies dan treffen gleich
  Mit Herrn vnd jrem koᵉnigreich?
Man laßt die Sternkunst gelten staᵉt
  In jrer Generalitet
Das ein groß neigung han besunder
  Die ober Coᵉrper zů den vndern,
Aber man handelt viel zů schnoᵉd
  In der particularitet,
Wie heut thůn vnsre Manuisten
  Manes juᵉnger des Widerchristen,
Welcher im selbst nicht kond verkuᵉnden
  Das jn ein Perser noch solt schinden.
Derhalben bleibt nur vnerschrocken,

Wan sie schon dicke proctick procken,
Vnd laßt euch nicht durch jhren schein
Erleiden weder bier noch wein,
Es ist ein lastrolugium,
Vnd macht die leut mit nichten frumb.
Sonder weißt sie von Gott zůn sternen,
Das ist, zůr schalen von dem kernen.
Glaubt aber bit ich nun vortan
Dem Rechten gstirn erfahrnen Mann,
Welcher verzuckt ist worden gar
Bitz in den dritten himmel zwar
Der spricht, wann Gott hie fu^er vns ist
Wz schads, wan sichs alls gen vns ru^est
Das sternen gscho^epff nichts schaden kan.
Wan wir des scho^epffers huld nur han
Derhalb auff das man Gott zů schmoch
Solch lo^eppisch ding nicht halt zů hoch,
So hab ich hie die Wetterhanen
Im schimpff ein wenig wo^ellen manen,
Das sie jr practick vnd vorsagen
Ein wenig hobeln vnd benagen.
Benagens wol jr wetterschmecker
Im finstern stern gibts ra^ese lecker,
Oder wolt jr den den jrthumb sta^ercken
So werden es die Bauren merken,
Vnd es nicht ko^ennen meh vertrucken,
Sonder euch lan in hindern gucken.
Da guck du sterngauch, guck du gauch
Wie blintzelst? beißt dich schon der rauch,
Wolher nun jr Newzeitung kra^emer,
Die Proctick wu^erd euch angenemer
Dan het es Murnar Naßhoch gstelt,
Dieweil es euch tra^egt schmutzig gelt.
Wolher kaufft jr newzeitung schreyer
Hie ißt wat nu^ews vom Sternen geyer.
Ich bit S. Claus von Alten hulden
Das er euch 10 000. gulden
Einkommens ja^erlich wo^ell bescheren

On liegend gu^eter, die euch nehren.
Das wer ein boß, das wer gůt leben,
    Dieweil wir warn am wu^enschen eben,
Wu^enscht ich so ma^er den rechten butz,
    Weil mir eins wie das ander nutzt,
Doch wann es war wu^erd in eim schertz
    Wie wu^erd dir lachen da dein hertz,
Vnd wan es schon geht hinderwertz
    So ist er nur gewu^enscht im schertz,
Wem nicht wu^erd Nieren oder hertz
    Sey fro der bieren vnd des stertz.
Nun bey dem schwantz vnd stertz
    End sich die Schantz vnd schertz.

Ich můß auffs zůkunfftig auch etwas sparen, sonst
    wa ich es alles sagt, so wer es meh dan
    das halb: Vnd euch vorthin weitter zů-
    rhoten, erwartet die zůkunfft des
        hinckenden botten.

E. W. Proctickprocker vnd Sternendocker
    Weinholdt Seinhlůt von Narmur im Nebelschiff.

Getruckt zů Altennarren im land Narrenwiegen,
durch den Culkus Cochlearicus Bůchtrucker zů
    Narrweiden.

Über tradition

Eigenes Buch veröffentlichen

tradition wurde 2006 in Hamburg gegründet und hat seither mehrere tausend Buchtitel veröffentlicht. Autoren veröffentlichen in wenigen leichten Schritten gedruckte Bücher, e-Books und audio-Books. tradition hat das Ziel, die beste und fairste Veröffentlichungsmöglichkeit für Autoren zu bieten.

tradition wurde mit der Erkenntnis gegründet, dass nur etwa jedes 200. bei Verlagen eingereichte Manuskript veröffentlicht wird. Dabei hat jedes Buch seinen Markt, also seine Leser. tradition sorgt dafür, dass für jedes Buch die Leserschaft auch erreicht wird.

Im einzigartigen Literatur-Netzwerk von tradition bieten zahlreiche Literatur-Partner (das sind Lektoren, Übersetzer, Hörbuchsprecher und Illustratoren) ihre Dienstleistung an, um Manuskripte zu verbessern oder die Vielfalt zu erhöhen. Autoren vereinbaren direkt mit den Literatur-Partnern die Konditionen ihrer Zusammenarbeit und partizipieren gemeinsam am Erfolg des Buches.

Das gesamte Verlagsprogramm von tradition ist bei allen stationären Buchhandlungen und Online-Buchhändlern wie z. B. Amazon erhältlich. e-Books stehen bei den führenden Online-Portalen (z. B. iBookstore von Apple oder Kindle von Amazon) zum Verkauf.

Einfach leicht ein Buch veröffentlichen: **www.tredition.de**

Eigene Buchreihe oder eigenen Verlag gründen

Seit 2009 bietet tredition sein Verlagskonzept auch als sogenanntes "White-Label" an. Das bedeutet, dass andere Unternehmen, Institutionen und Personen risikofrei und unkompliziert selbst zum Herausgeber von Büchern und Buchreihen unter eigener Marke werden können. tredition übernimmt dabei das komplette Herstellungs- und Distributionsrisiko.

Zahlreiche Zeitschriften-, Zeitungs- und Buchverlage, Universitäten, Forschungseinrichtungen u.v.m. nutzen diese Dienstleistung von tredition, um unter eigener Marke ohne Risiko Bücher zu verlegen.

Alle Informationen im Internet: **www.tredition.de/fuer-verlage**

tredition wurde mit mehreren Innovationspreisen ausgezeichnet, u. a. mit dem Webfuture Award und dem Innovationspreis der Buch Digitale.

tredition ist Mitglied im Börsenverein des Deutschen Buchhandels.

Dieses Werk elektronisch lesen

Dieses Werk ist Teil der Gutenberg-DE Edition DVD. Diese enthält das komplette Archiv des Projekt Gutenberg-DE. Die DVD ist im Internet erhältlich auf **http://gutenbergshop.abc.de**

Zeitfracht Medien GmbH
Ferdinand-Jühlke-Straße 7
99095 Erfurt, Deutschland
produktsicherheit@kolibri360.de